Jack der Ripper
Erika Sanders

JACK DER RIPPER

# Zusammenfassung

Tamara wusste nicht und würde nie erfahren, was danach geschah.

Alles, woran sie sich erinnern würde, war der plötzliche, blendende Silberblitz im Licht, ein brennendes Gefühl in ihrer Kehle und ihr Kopf, der an den Haaren hochgerissen wurde.

Und plötzlich war es unmöglich zu atmen.

Sie wehrte sich und versuchte, seinen Griff zu lockern, stellte aber fest, dass sich ihre Arme wie Bleigewichte anfühlten und ihre Konzentration verschwamm...

# Hinweis zum Autorin:

Erika Sanders ist eine international bekannte Schriftstellerin, übersetzt in mehr als zwanzig Sprachen, die ihre erotischsten Schriften abseits ihrer üblichen Prosa mit ihrem Mädchennamen signiert.

# Index:

# JACK DER RIPPER
# ERIKA SANDERS

# KAPITEL I

Tamara lag schweigend unter dem Mann, schloss ihre Augen vor dem Anblick seines verzerrten und hässlichen Gesichts, hielt aber ihre Beine so weit wie möglich gespreizt. Sie konnte sich nicht beklagen; schließlich war er sauber und hatte kürzlich ein Bad genommen, also war sein Geruch nicht das Problem. Es war sein Darm. Sie hätte niemals entscheiden sollen, einen dicken Mann ins Bett zu bringen, aber 400 Dollar waren zu viel, um darauf zu verzichten. 400 Dollar ohne Sattel. Seine Eingeweide drückten sich in ihren Unterleib und sie fand es fast unmöglich, einen vollen, tiefen Atemzug zu nehmen. Außerdem rieben seine Schamhaare ihre Klitoris wund und es wurde schmerzhaft.

Schließlich beschleunigte er, fickte sie, als ob sein Leben davon abhinge, und hämmerte in ihr bereits wundes Loch, bis er abspritzte. Er zuckte mit jedem Samenerguss nach oben und ließ sie an einen Wal denken, der aus dem Wasser sprang, und vier feuchte Spritzer später rollte er von ihr herunter, beide schnappten nach Luft.

Er wischte sich das Gesicht ab und sah zu ihr hinüber. "Du warst gut."

"Äh, danke." Sie setzte sich auf und tätschelte seine wogende Mitte. "Macht es Ihnen etwas aus, wenn ich Ihr Badezimmer benutze?"

„Überhaupt nicht. Beeilen Sie sich. Meine Frau wird jeden Moment zurück sein."

Tamara stand auf und drückte ihre Beine fest zusammen, um zu verhindern, dass sein wässriges Sperma herausrutschte. Sie schaffte es, das meiste drin zu behalten, bis sie auf der Toilette sitzen und ihre Muskeln benutzen konnte, um es auszudrücken. Sie benutzte ein paar Bündel Toilettenpapier, um die Sauerei zu säubern, tupfte die Innenseiten ihrer Beine ab und versuchte, die Spitze oben auf ihren Strumpfhaltern und Strümpfen zu trocknen. Nicht schlecht, dachte sie. Sie spülte die Toilette und ging zurück ins Hotelzimmer, wobei sie sich fragte, ob sie eine

Dusche in ihrem Zimmer hatte. Vielleicht muss ich auf dem Heimweg noch welche besorgen.

"Wirst du morgen auf Essex sein?"

"Ich weiß es nicht. Könnte sein." Tamara streckte ihre Hand aus und schenkte ihm ihr süßestes Lächeln, als er vier Hundert-Dollar-Scheine auf ihre Handfläche legte. "Willst du ein anderes Date?"

"Ja. Finde nicht zu viele Huren, die es ohne Gummi machen."

Hure. Sie hasste das Wort, aber es beschrieb, was sie war. Sie seufzte und setzte das falsche Lächeln wieder auf. "Nun, komm und finde mich, wenn du bereit bist."

Das leise Klatschen der sich hinter ihr schließenden Tür war beruhigend und Tamara ging so schnell wie möglich zum Fahrstuhl. Sie kam an einem älteren Paar vorbei, das ihr einen bösen Blick zuwarf, und sie zog unbewusst am hohen Saum ihres Faltenrocks, weil sie wusste, dass er die Babypuppenstrümpfe und rosa Strumpfbänder nicht verdecken würde. Der Fahrstuhl kam und befreite sie von ihrem Elend und innerhalb weniger Minuten war sie wieder auf der Straße und atmete die frische Luft von New York City ein.

Tamara hatte fast vier Jahre in NYC gelebt und fast genauso lange prostituiert. Ein zufälliges Treffen in einem Busbahnhof, als sie weggelaufen war, hatte sie mit Torrance zusammengebracht. Er war immer auf der Suche nach frischem Fleisch und ihr sechzehnjähriger Körper hatte perfekt zu seiner Rechnung gepasst. Ein anderes Mädchen, Julieta, hatte ihr beigebracht, wie man das Spiel spielt, und in kürzester Zeit verdiente Tamara Geld, von dem das meiste von Torrance beansprucht wurde. Als er von einem Meth-Dealer niedergeschossen wurde, wandte sie sich an Sellers, einen anderen Zuhälter, der einen besseren Stall führte. Sie verdiente besseres Geld mit ihm, aber er verlangte von allen seinen Mädchen, Kunden ohne Sattel zu reiten. Zuerst hatte sie sich geweigert, kostenlos Oral gegeben und nebenbei Kondome benutzt, aber einer der Freier hatte sich beschwert, und eine heftige Prügelstrafe hatte ihre Meinung geändert, ihn noch einmal zu verärgern.

Sie machte sich auf den Weg nach Essex und beschloss, die Gasse zurück zu Sellers Wohnung zu nehmen. Ihre Füße brachten sie um und sie war sauer, dass Julieta ihre alten schwarzen Fick-mich-Pumps genommen hatte, ohne zu fragen. Verdammte Fotze! Sie müsste ein besseres Schloss an ihrer Tür anbringen lassen. Verkäufer würden sich wahrscheinlich darum kümmern.

Ein Schatten löste sich von einer Tür, und sie erstarrte mitten im Schritt.

"Guten Abend." Die Stimme war tief und kultiviert mit einem englischen Akzent wie bei David Bowie. "Hast du heute Abend frei?"

"Ich bin nicht frei, aber ich kann gekauft werden."

Er trat ins Licht, und sie lächelte, dankte demjenigen, der oben war, dafür, dass er groß, feingliedrig und gutaussehend war.

"Wie viel?"

"Kommt darauf an, was du willst."

"Ich möchte, dass du meinen Schwanz lutschst und mein Sperma schluckst."

"Kein Gummi?"

"Kein Gummi. Was kostet es?"

„300 Dollar." Er bedeutete ihr, ihm zu folgen, und sie gingen zurück in dieselbe schwach beleuchtete Nische, aus der er gekommen war. Er fing sofort an, seine Hose zu öffnen. "Geld zuerst, Professor."

Als er ihr das Geld gegeben hatte und sie es überprüft und in ihre Brieftasche gesteckt hatte, kniete sie auf dem schmutzigen Boden und wartete, bis er seine Hose öffnete. Sein Schwanz kam heraus, dick und hart und sie gab ein anerkennendes Geräusch von sich, als sie danach griff.

"Netter Schwanz. Sicher, dass du nicht ficken willst?"

"Ja, ich bin sicher."

Tamara wusste nicht und würde nie erfahren, was danach geschah. Alles, woran sie sich erinnern würde, war der plötzliche, blendende Silberblitz im Licht, ein brennendes Gefühl in ihrer Kehle und ihr Kopf, der an den Haaren hochgerissen wurde. Sein Schwanz verschwand aus dem Blickfeld und plötzlich war es unmöglich zu atmen. Sie wehrte sich und versuchte, seinen Griff zu lockern, merkte aber, dass sich ihre Arme wie Bleigewichte anfühlten und ihre Konzentration verschwamm.

Er lächelte nur und benutzte ihr Haar, hob ihren Kopf an, bis sein Schwanz den breiten Einschnitt streifte, den er in ihren Hals gemacht hatte. Ihr warmes, spritzendes Blut bedeckte seinen Stab und machte den Eingang glatt und samtig. Perfekt. Einfach perfekt. Er stieß immer wieder zu, sein Körper zitterte, als sie gurgelte und sich wehrte, und er feuerte seine Ladung ab, gerade als sie ihren letzten Atemzug tat.

Perfekt. Er warf sie wie den Abfall, den sie war, beiseite und zog den Reißverschluss seiner Hose zu, genoss das Gefühl ihres zähflüssigen Blutes, das durch sein Schamhaar sickerte und auf seinen Hoden trocknete. Einfach perfekt.

# KAPITEL II

Leitende Detektivin Clarice Burton parkte ihr nicht gekennzeichnetes Auto am Rand des gelben Absperrbandes, zog ihren Schild heraus und steckte ihn in die Jackentasche. Der Protokollführer notierte ihren offiziellen Status und ließ sie passieren, während sie zusah, wie ihr runder Hintern wegzuckte, als sie auf die Gruppe von Männern in dunklen Anzügen zuging, von denen die meisten wegschauten, als sie näher kam. Es war 2004 und die engmaschige Welt der besten Detektive von New York City ächtete Frauen immer noch. Sie galt als minderwertig, obwohl sie die höchste Lösungsrate im Bezirk hatte.

Trotzdem hatte Clarice Burton nicht den Tod durch die Hände eines missbräuchlichen Ehemanns überlebt, um sich von ein paar Männern mit kleinen Schwänzen herumschubsen zu lassen. Ihr Partner, Tony Acosta, nickte ihr respektvoll zu, schob seine Hände in seine Taschen und sah aufgebracht aus.

"Hallo Jungs." Mario Andreotti und John Stevens murmelten Grüße und beobachteten, wie sie durch ihren Kreis ging und auf die in ein Laken gehüllte Leiche zuging. Sie zog die Decke zurück und untersuchte die junge Frau, bemerkte den tiefen Schnitt in ihrem Hals und die Menge Blut, die ihren leblosen Körper umgab. "Also, was haben wir hier?"

Die Männer tauschten Blicke aus, und Acosta verließ den Kreis, kniete sich neben sie und holte sein Notizbuch heraus. „Ihr Name ist Tamara Williams, 20 Jahre alt. Sie ist eine Prostituierte, die von Jamie Sellers Website kommt. Sie wurde von Patrick Miller gefunden, dem Müllmann, der dort drüben steht."

"Irgendwelche Zeugen?"

"Niemand."

"Vermisst sie etwas?"

„Nicht, dass wir das feststellen könnten. Ihre Handtasche ist dort drüben. Sie hatte 700 Dollar in bar, eine Nagelfeile, eine Telefonkarte und eine Flasche klaren Nagellack."

"Keine Kondome?"

"Nö."

„Stellen Sie sicher, dass Sie sich eine Notiz machen, um dem Gerichtsmediziner zu sagen, dass er nach Krankheiten wie HIV/AIDS suchen soll. Sie sieht ziemlich gesund aus, aber wenn sie Tricks ohne Sattel macht, weiß man nie."

"Richtig. Es gibt da noch etwas, das Sie vielleicht sehen möchten." Acosta zog einen Handschuh über, schlug das Blatt wieder zurück und benutzte die Spitze eines alten Kugelschreibers, um den tiefen Schnitt in der Kehle der toten Frau zu öffnen. "Siehst du das?"

Burton beugte sich vor und konzentrierte sich auf eine suppige weiße Mischung, die auf dem gerinnenden Blut schwamm wie der weiße Klumpen, den man normalerweise in Eiweiß findet. "Was ist das?"

"Es ist Sperma."

"Was? Woher weißt du das?"

"Ich bin mir nicht sicher, aber das ist, was ich denke." Er bewegte die Kante des Stifts nach unten und zeigte Burton eine glänzende weiße Linie auf der Innenseite der Haut. „Ich glaube, er hat ihr die Kehle durchgeschnitten und die Wunde gefickt, während sie im Sterben lag."

"Pfui!" Sie stand auf und spannte ihre schmerzenden Beinmuskeln an, während sie über seine Worte nachdachte. „Klingt nach einem super verdammten Perversen."

„Da muss ich dir zustimmen, Clarence.

„Holen Sie, was Sie können, vom Müllmann und überwachen Sie, wie sie es abholt. Sagen Sie der Gerichtsmedizin, dass ich sofort wissen möchte, was diese Substanz in ihrem Hals ist, und wenn es Sperma ist, lassen Sie ihn es zum Tippen schicken. Wir haben vielleicht Glück und jemanden in der Datenbank finden."

"Okay. Was hast du vor?"

„Sprechen Sie mit Jamie Sellers. Vielleicht kann ich herausfinden, wer ihr letzter Klient war."

„Ich glaube nicht, dass das ein Kunde war, Clarence. Ich denke, wer auch immer der Typ war, er war ein Freiberufler."

"Ich müsste zustimmen, aber es schadet nicht, es zu versuchen."

Burton überließ ihren Partner seinen Abteilungsfreunden und warf einen misstrauischen Blick über die Menschen, die sich versammelt hatten, um die Leiche zu sehen. Es war allgemein bekannt, dass der Täter manchmal zum Tatort zurückkehrte, um ihn noch einmal zu erleben oder sich an der Unfähigkeit der Polizei zu ergötzen. Der Müllmann schien unbeeindruckt davon zu sein, eine Leiche entdeckt zu haben, und er rauchte fröhlich Kette und telefonierte mit einem Handy. Die einzige Person, die ihr ins Auge fiel, war ein Priester, der am Rand der Menge stand und seine Lippen bewegte, während er ein stilles Gebet über den Körper sprach.

„Ich bin froh, dass ihr jemand einen Segen gibt." Sie murmelte zu sich selbst, als sie zurück zu ihrem Auto ging. "Wir alle brauchen einen."

Nächster Halt: Die Zentrale.

* * *

Er holte sich ein Bier aus dem Kühlschrank und setzte sich in seinen Lieblingssessel, schob den Sessel zurück, während er die Fernbedienung einschaltete. Kurz bevor die Evening News anfingen, schaltete sich der Fernseher ein, und die Werbung eines Möbelgeschäfts endete.

„Unsere Top-Story, eine Frau wurde fast enthauptet in einer Gasse auf der Lower East Side gefunden." Sagte die Moderatorin. "Lass uns live mit unserem Reporter vor Ort gehen." An diesem Punkt beugte er sich vor, sein Interesse war geweckt. Während der Reporter das Verbrechen beschrieb, betrachtete er die Gesichter der Menschen am Tatort. Er liebte den ängstlichen und manchmal leeren Ausdruck auf den Gesichtern der Zuschauer. Sein Schwanz verhärtete sich in seiner Hose und er knöpfte seine Pyjamahose auf und gab ihr einen langen, harten Stoß.

„Die Chefdetektivin in diesem Fall, Detective Clarice Burton, hatte Folgendes über den Mord zu sagen." Er untersuchte den drallen Polizisten und sein Schwanz wurde noch härter. Wie schön sie war! All diese rotgoldenen Haare, blauen Augen, riesigen Titten ... Gott, wie gerne würde er seinen Schwanz zwischen diese Schönheiten schieben und seine Ladung auf ihr Kinn spritzen. Er verpasste sich einen weiteren harten Schlag und strengte sich vor Anstrengung an. Sie sprach weiter über einige Einzelheiten des Verbrechens und seine Aufmerksamkeit wurde auf ihren Mund gelenkt, breit und üppig, mit den Spitzen in dem hellen Rosa, das junge Mädchen bevorzugten. Es war mehr als fähig, seinen Schwanz zu lutschen. Er stöhnte, rieb jetzt stärker und benutzte die Magie eines Videorecorders, um sich das Interview noch einmal anzusehen, damit er sehen konnte, wie sich ihr Mund immer wieder bewegte.

Ein Kribbeln am unteren Ende seiner Wirbelsäule signalisierte seine Erlösung und er kam, sein Sperma schoss in die Luft, Strahl für Strahl landete auf dem gebürsteten Samt des Stuhls und dem hellbraunen Flor des Teppichs darunter. Nach Luft schnappend aktivierte er die Fernbedienung erneut und lag schlaff da, während er sich den Rest des Interviews ansah. Er war überrascht, den Priester zu sehen, der als nächstes interviewt wurde, und seinen wohlwollenden Worten zuhörte, die von der Kostbarkeit des Lebens und seinem Versprechen sprachen, Gebete für die junge Frau zu sprechen.

Scheiß auf Gott! Er kochte vor Wut, versteckte sich und trank sein Bier. Diese Hure hatte es nicht verdient zu leben, hatte es nicht verdient, süßen Atem zu holen. Wenn der Priester Huren haben wollte, für die er beten konnte, würde er seinen Wunsch erfüllen. Sein Wunsch würde auf jeden Fall in Erfüllung gehen.

# KAPITEL III

Ein Gespräch mit Jamie Sellers war wertlos gewesen. Burton wusste bereits, dass sie wahrscheinlich nichts von ihm bekommen würde, aber sie war sauer, dass der Zuhälter Tamaras letzten Kunden nicht zum Verhör hergab. Er zeigte keine wirkliche Sorge um das Wohlergehen der anderen Frauen, die für ihn arbeiteten, wollte nur wissen, wo sie getötet wurde, damit er die anderen Mädchen aus Angst vor Verhaftung von der Gegend fernhalten konnte.

Für ihn war Tamara eine blank geputzte Tafel, die nur darum bat, ihm das Geld in ihrer Brieftasche zu geben. Natürlich hatte Burton abgelehnt und gesagt, dass das Geld nach Möglichkeit an ihre Familie weitergegeben würde und wenn keine Familie zu finden sei, die Police Officer Benevolent Association es erhalten würde. Natürlich war Sellers nicht glücklich. Er knallte die Tür hinter Burton zu und murmelte vor sich hin, dass „die verdammten Schweine kein Donut-Geld mehr brauchen".

Da es spät wurde, beschloss sie, die Akte zu nehmen und nach Hause zu gehen, ihre Schuhe auszuziehen und nach unten in ihr Büro zu gehen. Eine große Pinnwand nahm den größten Platz in dem winzigen Raum ein und sie knipste das Licht an und betrachtete den Inhalt der Tafel. Schnappschüsse, 8 x 10-Bilder und andere Leckerbissen waren fast auf jedem Zentimeter der Oberfläche verstreut, alles visuelle Darstellungen junger Frauen, die in ihrem Bezirk brutal ermordet worden waren, seit sie Polizistin geworden war. Burton öffnete die Manila-Mappe in ihrer Hand, nahm das Bild von Tamara heraus und heftete es an einen leeren Platz.

Ihre Augen wurden von einem 4 x 8 eines wunderschönen kleinen Mädchens mit blonden Haaren und funkelnden blauen Augen angezogen. Solch eine engelhafte Schönheit war von der gleichen Art von Hand zu Fall gebracht worden, die dieses Mädchen heute getötet hatte: ein wütender Mann, der sie als sexuelles Werkzeug und nicht als menschliches Wesen betrachtete. Tim hatte eine Zigarette geraucht und ferngesehen, als Clarice Angies Leiche in ihrem kleinen Bett gefunden hatte. Sie würde nie den Anblick des Blutes vergessen, das die Innenseiten ihrer Beine benetzte, und die pure Unschuld in ihren blicklosen Augen.

Tim Burton war jetzt im Gefängnis und verbüßte zwei aufeinanderfolgende zwanzigjährige Haftstrafen für Angies Missbrauch und den anschließenden Tod, während Clarice eine lebenslange Haftstrafe in ihrem Schuldgefängnis verbüßte, das Herz ihrer Mutter erfüllt von der Schuld des Versagens. Sie schluckte gegen den Kloß in ihrem Hals und hob eine zitternde Hand, um die ausgefransten Ränder des Fotos zu berühren. Sie würde niemals den farbigen Teil des Fotos berühren; Dieses kleine Foto und ein Teddybär waren alles, was von ihrer Tochter übrig blieb.

Burton riss ihre Hand weg und richtete ihre Augen auf Tamara. Sie war jemandes Tochter. Irgendwo hatte sie ein weiches, sicheres Bett zum Schlafen gehabt. Irgendwo hatte sie Weihnachten und Ostern mit Menschen gefeiert, die sich um sie kümmerten. Sie hatte nicht den verbitterten Blick einer Prostituierten, die noch nie Fürsorge und Sorge erlebt hatte. Irgendwo, irgendwann hatte sie Liebe erlebt.

„Warum nicht jetzt? Wen hast du getroffen und dir keine Liebe gezeigt? Wer war es, der dich verlassen hat, um in deinem eigenen Blut zu sterben? Sag es mir, Tamara. Sag mir, wer er war."

* * *

"Ich will nicht gehen, Verkäufer, und Sie können mich nicht zwingen!" Julieta schrie und drehte sich um, um wegzugehen. Sie war den ganzen Tag erschöpft von der Arbeit, ihre Füße taten weh und sie wollte diesen Last-Minute-Job, der an der Ecke auf sie wartete, nicht erledigen. Das

Bild von Tamaras stumpfen Augen und ihrem verdrehten Körper war zu frisch in ihrem Gedächtnis.

Sellers' schraubstockartiger Griff um ihren Bizeps schnitt das Blut von ihrem Arm ab und er zischte, seine ausgerichteten Zähne glänzten im Licht. "Ich kann dich dazu bringen, alles zu tun, was ich will." Er drängte sie, trat so nahe, dass sie zitterte, trotz der Tapferkeit, die sie zu zeigen versuchte. "Müssen Sie daran erinnert werden?"

"Nein." Julieta hasste sich selbst, als sie das Wort schnell ausspuckte und ihn wissen ließ, dass seine Einschüchterung wirkte. "Aber ich möchte, dass du mit mir gehst."

„Ich werde dir und einem weißen Jungen nicht beim Ficken zusehen! Er gab ihr einen kleinen Schubs in Richtung des wartenden Mannes. "Und zuerst das Geld holen!"

Julieta schüttelte ihr welliges Haar, strich ihr Kleid glatt und ging zu dem Mann hinüber, wobei sie versuchte, sexy auszusehen, ohne daran zu denken, wie sehr ihre Füße schmerzten. "Hallo."

"Hallo." Seine Stimme war sanft, fast gehaucht und er sah schüchtern weg. "Du bist sehr schön."

"Danke. Magst du lateinamerikanische Frauen?"

"Liebe sie." Wieder gehaucht, aber mit einem Hauch von ... einem Akzent?

"Du willst also ein Date?"

"Ja. Ich will deine Titten ficken."

"So wie diese, nicht wahr?" Julieta sah sich um, um sich zu vergewissern, dass niemand zusah, und drückte sinnlich eine ihrer Brüste. „Sie sind echt. Willst du einen anfassen?"

Zögernd streckte er die Hand aus und umfasste eine Kugel, hob ihr süßes Gewicht und drückte sie dann. "Oh Scheiße."

"Doppel-Ds." Julieta lieferte stolz. "300 $ und sie gehören dir."

"Schluckst du?"

"Füge weitere 200 Dollar hinzu und ich trinke jedes bisschen, was du geben musst."

"Getan."

Kichernd führte sie ihn zu einer Stelle hinter dem Müllcontainer und streckte ihre Hand aus und lächelte, als er ihr Fünfhundert-Dollar-Scheine in die Hand drückte. "Danke." Nachdem diese Sache aus dem Weg geräumt war, zog sie ihr Oberteil herunter und ließ ihn sein Gesicht daran reiben, bevor sie auf die Knie fiel und atemlos darauf wartete, seinen Schwanz zu sehen. Er öffnete seine Hose und zog seinen Schwanz heraus, schlug ihn gegen ihre Wangen, bevor er ihn zwischen ihre Brüste gleiten ließ. Julieta hielt ihre Titten zusammen, beugte ihren Kopf nach unten und saugte den Kopf bei jedem Stoß in ihren Mund.

Er stöhnte, packte ihre Schultern, um sich zu stabilisieren, und pumpte schneller. Es würde bald geschehen, er spürte es. Dieses vertraute Kribbeln. Er zischte, als sein Schwanz ausbrach, schob ihn in ihren Mund und schob ihn so weit wie er konnte in ihren Mund. Sie würgte zuerst, dann schluckte sie und packte seine Hüften, um ein zweites Mal nicht zu würgen. Als er endlich aufhörte zu kommen, zog sie seinen Schwanz aus ihrem Mund und zog ihr Shirt wieder an seinen Platz.

"Bis später."

Julieta sah nicht, wie sich sein Arm um ihren Hals legte, aber sie hörte das Knirschen ihrer Luftröhre, als sie der Kraft seiner Muskeln und Knochen nachgab. Und ziemlich bald hörte sie nichts mehr.

# KAPITEL IV

Jim Blanch kam zur gleichen Zeit wie immer aus der Schule. Seine Mutter bemerkte das, als sie ihm ein Willkommen zurief und seinen schweren Schritten lauschte, als er die Treppe hinauftrottete. Sie lächelte. Jim war so ein guter Junge; ein Glücksfall nach der umstrittenen Scheidung, die sie ertragen musste. Er würde dieses Jahr seinen Abschluss machen, war ein Einser-Student und liebte es, mit seinen Freunden Basketball zu spielen. Das Beste war, dass er sein Zimmer aufräumte, ohne zu fragen, und ihr half, wann immer sie es brauchte.

Tatsächlich musste sie ihn um einen Gefallen bitten. Ihr Nachbar, Mr. Greenwell, brauchte einen Koffer, der von seinem Dachboden heruntergeholt wurde, und Lorna hatte Jim freiwillig für den Job angeboten. Sie wischte sich die Hände an ihrer Schürze ab, drehte ihre Hähnchenrigatoni herunter und ging zum Fuß der Treppe.

"Jim! Kannst du bitte herkommen?"

Lorna wartete, aber sie erhielt nicht die normale Antwort von ihm. Vielleicht hatte er seine Tür geschlossen oder hörte Musik. Seit sie ihm diesen MP3-Player gekauft hatte, musste sie manchmal die Treppe hoch zu seinem Zimmer gehen, um seine Aufmerksamkeit zu erregen. Sie seufzte und stieg die Treppe hinauf. Sie würde es wieder tun müssen und ihr Ballen beschwerte sich.

"Verdammt! Jim!"

Sie stieg die Treppe hinauf, schonte den verletzten Fuß und ruhte sich auf dem Treppenabsatz aus, wobei sie vor Schmerz zusammenzuckte. Sie hörte Musik. Sie kannte die Band gut; In letzter Zeit war er von Franz Ferdinand besessen und spielte immer wieder ihr neues Album. Unter dem Schlag von Trommeln und dem Kreischen von Gitarren hörte sie etwas anderes. Etwas ohne Rhythmus; etwas, das nicht zur Musik passte. Es klang wie ... knarrende Bettfedern.

"Jim?" Sie rief jetzt nicht mehr so laut. Jim war achtzehn und auf dem besten Weg, ein Mann zu werden, und sie wusste, dass er gelegentlich unter der Dusche masturbierte. Sie wollte ihn in diesem Fall nicht stören, aber der besondere Verstand ihrer Mutter sagte ihr, dass etwas nicht stimmte. "Jim, du musst mir einen Gefallen tun."

Sie trat näher und näher, die Musik wurde lauter und die Klänge nahmen an Geschwindigkeit und Tonhöhe zu. Ihre zitternde Hand erreichte den Türknauf und sie ergriff ihn und drehte ihn leicht. "Jim?"

Der Anblick, der sich ihr bot, war einer, den Lorna Blanch nie vergessen würde. Das Zimmer ihres Sohnes war in seinem üblichen Zustand der Unordnung. An den Wänden hingen Poster von Jennifer Garner und Jessica Alba, zusammen mit halbnackten Anime-Frauen. Und ihr Sohn lag nackt auf dem Bett. Seine starken Beine spreizten etwas, seine Hüften beugten sich und seine Rückenmuskeln kräuselten sich. Lorna machte einen kleinen Schritt zur Seite und ihre Augen weiteten sich. Unter dem Körper ihres Sohnes befanden sich zwei perfekte Brüste und er hielt sie zusammen, während er seinen Schwanz zwischen sie schob.

Lorna Blanch schrie.

* * *

"Sind Sie im Ernst?"

Burton und Acosta stießen die Türen der Station auf, gingen nach draußen und sprangen die Treppe hinunter, als sie zu ihrem Auto gingen.

"Ich wünschte, ich wäre es. Sie hat vor fünf Minuten angerufen und gesagt, dass ihr Sohn ein Paar Titten fickt und kommen und sie holen soll."

„Sind wir sicher, dass sie Julieta Friars gehören?"

"Nein, aber mir fällt wirklich niemand ein, dem ein Paar Titten fehlt, oder?"

Es gab kein weiteres Gespräch, bis sie am Brownstone ankamen und um Einlass baten. Lorna Blanch war zwischen Wut und Ekel und ihr Sohn war offensichtlich die Hauptlast von beidem.

"Mrs. Blanch? Ich bin Detective Burton. Das ist Detective Acosta."

Die Frau schüttelte ihnen schnell die Hand, ihr wütender Blick kehrte zu dem jungen Mann zurück, der versuchte, sich auf dem Stuhl kleiner zu machen. „Ich habe ihm eines Besseren beigebracht. Er wusste es besser, als dieses dreckige Ding ins Haus zu bringen."

Acosta wagte eine Frage, um ihren Zorn nicht weiter zu schüren. "Mrs. Blanch, sind Sie sicher, dass sie ... echt sind?"

"Oh, sie sind echt, in Ordnung." Sie schnappte wütend und drehte sich dann um, um ihren Sohn anzubellen. "Geh und zeig es ihnen, Jim."

Der junge Mann sprach nicht. Er führte sie die Treppe zu seinem Schlafzimmer hinauf und deutete auf sein Bett. Ein perfekter Satz Brüste ruhte neben seinem Kissen, sauber geschnitzt und für den Transport getrimmt, eine Brustwarze mit einem Stab durchbohrt, auf dem eine baumelnde Biene prangte. Burton zog ein Paar Handschuhe aus ihrer Tasche und untersuchte sorgfältig das Fleisch.

"Das sind Ihre."

"Woran erkennst du das?"

Burton hob die linke Brust und zeigte ihm die tätowierten Buchstaben. Kleines B.

"Es war ihr Straßenname." Mit einem Ruck zog sie die Handschuhe aus und drehte sich zu dem jungen Mann um. "Wo hast du sie gefunden?"

"Im Müllcontainer." Er stotterte. "Auf dem Heimweg von der Schule."

Burton hielt nachdenklich inne und zog Acosta an ihre Seite. „Wir sollten besser schnell arbeiten. Ich habe Angst davor, was er als nächstes tun wird."

# KAPITEL V

Burton und Acosta durchsuchten den Müllcontainer, in dem Jim Blanch gesagt hatte, er habe die Brüste gefunden, konnten aber keine anderen Beweise finden. Die Titten gehörten Julieta; Sie passten perfekt, als der Gerichtsmediziner sie in das sauber geschnitzte Loch in ihrem Oberkörper einpasste. Auf dem Weg zur Tür hätte Acosta beinahe seine Kalbs-Scaloppini wieder herausgewürgt. Dr. Arbitag lachte so sehr, dass der Vicks-Klumpen unter seiner Nase drohte, sich quer durch den Raum zu werfen.

„Der sollte bei den Olympischen Spielen dabei sein. Wahrscheinlich hat er Usain Bolts Zeit um ein paar Sekunden verkürzt."

"Arby, du bist ein echter Bastard, weißt du das?" Clarice lachte und half ihm, das Körperteil wieder in seine separate Tasche zu stecken.

"Ja, aber du liebst mich." Er schloss die Tasche und stellte sie auf einen Wagen. "Nun, Clarice, ich weiß nicht, was ich dir sagen kann, aber wir konnten keine brauchbaren Beweise für dich finden."

"Was ist mit dem Sperma?"

"Wir haben es getippt, aber wir haben keine Treffer in der Datenbank bekommen."

Burton zog ihre Handschuhe mit einem Ruck aus und trat auf den Hebel, um den Mülleimer für medizinische Abfälle zu öffnen. „Darauf habe ich sowieso nicht wirklich gewettet.

"Ja manchmal." Arby wusch sich die Hände und wandte sich wieder dem Detective zu. „Aber du weißt es nie, bis du es versuchst."

„Arby, du hast viele Fälle gesehen. Ich weiß, dass du nicht Michael Baden bist, aber ich brauche deine Expertise." Sie hielt inne und ordnete ihre Gedanken. „Er wird wieder töten und es wird bald sein. Julieta war gestern. Tamara war zwei Tage zuvor. Nach Mitternacht werden wir eine weitere tote Frau haben und der Bürgermeister wird scheißen."

"Das wird dir nicht gefallen."

Burton lachte, schnell ernüchternd. „Kannst du mir etwas zum Weitermachen geben? Etwas aus deinem Bauch?"

Arbitag wischte sich die Hände ab und begann, Fleischstücke und geronnenes Blut auf einem Tisch in der Nähe in den Abfluss zu spritzen. Er blickte kurz zu ihr auf, dann ließ er das Schlauchventil los und beendete den Wasserfluss. „Er ist verrückt. Er ist nicht nur jemand, der intelligent ist, sondern auch psychisch krank. Seine Entscheidung, Prostituierte als Ziele zu benutzen, ist keine originelle Idee, aber seine spezifische Auswahl an Prostituierten, die keine Kondome benutzen, ist es."

"Keine Kondome?"

„Der Vaginal- oder Analkanal einer Frau, die konsequent ein Kondom benutzt, unterscheidet sich stark von einer Frau, die dies nicht tut. Die Muskelstreifen sind viel glatter und die Vaginalmuskeln beider Frauen zeigten, dass keine von beiden kürzlich Safer Sex praktiziert hatte."

"Sie waren also Bareback-Spezialisten."

Arbitag nickte, aktivierte das Wasser erneut und spritzte den Abfall in den Abfluss. "Julieta hatte HIV."

"Und Tamara?"

"Chlamydien."

"Ist das übertragbar?"

"Jawohl."

"Kann es behandelt werden?"

„Chlamydien können behandelt werden, ja, aber ... nun ja, Sie kennen sich mit HIV aus."

"Ja." Clarice starrte in den dicken Leichensack aus Plastik, Julietas hübsche Gesichtszüge waren durch das dicke Material verzerrt. „Also waren beide Frauen verdorben, aber es war ihm egal."

„Nö. Wir haben Sperma im Hals des ersten Mädchens gefunden und ich habe etwas in Julietas Mund gefunden, als ich es abgetupft habe. Die Arten waren die gleichen."

„Aber warum sollte er sich die Zeit nehmen, der Frau die Brüste abzuschneiden und sie dann fallen zu lassen? Ich meine, der Einschnitt macht deutlich, dass er sich die Zeit genommen hat, gute Arbeit zu leisten ..."

„Vielleicht war er in Eile. Vielleicht hat er sie für dich und Acosta dort gelassen und dieser Junge ist ihnen einfach zufällig begegnet. Wer weiß?

"Und der Punkt ist?"

„Warum musste er die Frauen in Scheiben schneiden? Er hätte sich mit ihnen durchsetzen können, ohne sie zu verletzen, aber er hatte das Gefühl, dass er sie verstümmeln musste. Warum war das so? Warum die Kehle und warum die Brüste? Warum hat er sich für Frauen entschieden Wer hat keine Gummis benutzt?"

"Er hat eine Aussage gemacht." sagte Burton leise. "Ein Statement über Prostituierte, die keine Kondome benutzen. Prostituierte von geringer Qualität, infiziert und die ihre Krankheit an den Klienten weitergeben. Das ist wie Jack the Ripper..."

Das Wort, das Arbitag flüsterte, war sogar noch leiser. "Bingo." Sofort begann Burtons Gehirn zu arbeiten und wälzte auf der Suche nach Informationen im Garten ihres fruchtbaren Gehirns Spaten voll Erde um. Der medizinische Untersucher überprüfte ein steriles Tablett mit Instrumenten, um sicherzustellen, dass sie für den nächsten Eintrag vorbereitet waren. „Und welche Art von Person würde solche Frauen ansprechen wollen?"

Wieder grübelte der Detective über die Frage nach und überlegte mögliche Antworten. New York City war ein Ort, der dicht bevölkert war von allen möglichen Leuten, die wollten, dass HIV-Isebels vom Antlitz des Planeten ausgelöscht wurden. Arbitag bewegte sich hinter ihr und stellte eins, dann ein zweites Foto vor ihr auf. Das erste Foto war eine Menschenmenge, die am Tatort von Tamara geschossen wurde. Massenaufnahmen waren Standard und wurden von jedem Tatort in der Stadt verlangt. In dem Wissen, dass die meisten Mörder psychologische Wesen waren, bestand immer die Möglichkeit, dass die Person wieder am Tatort auftauchte, um die Aufmerksamkeit zu genießen, während sie heimlich ihre Identität verbarg.

Clarices scharfe Augen scannten das zweite Foto, eine Menschenmenge, die von Julietas Tatort aufgenommen wurde, und konnten keine Verbindung finden. Arbitag spürte ihre Frustration und zog einen schwarzen Sharpie aus seiner Jackentasche, malte zwei Kreise auf das Fotopapier und lächelte, als der Detective sich näher beugte.

"Der Priester."

# KAPITEL VI

Die Frau war schön. Ihr Haar hatte einen leckeren Erdbeerblond und war geschmackvoll zu einer Lockenkrone um ihr Gesicht gestylt. Ihr einladender Mund war rot umrandet und ihre blassen Brüste wölbten sich direkt unter den Rändern des Spitzenteddys und neckten ihn mit ihren prallen, sommersprossigen Oberteilen. Er sehnte sich danach, mit seinen Fingern über diese schneebedeckten Gipfel zu streichen, aber er kannte sie noch nicht gut genug.

"Möchtest du ein Getränk?"

Sie nickte ablehnend und rückte auf der Couch näher zu ihm, drehte ihr hübsches Gesicht zu seinem. Er verstand den Hinweis und beugte sich hinunter, nahm ihren Mund in einen sanften Kuss und stieß seine Zunge in ihren Mund. Sie war so unterwürfig und er liebte das. Er wollte der Mann sein, ihr zeigen, dass er sich um sie kümmern konnte und er wollte, dass sie es wusste. Er küsste sie immer noch, streckte seine Hand aus und legte ihre Hand auf eine ihrer Brüste, rieb ihre Brustwarze zwischen seinen Fingern.

"Das gefällt dir, nicht wahr?"

Er ließ den Träger ihres Slips über ihre Schulter gleiten und ließ seine Finger ihre weiche Haut streicheln. Ihre Brust sprang hervor, die Brustwarze weich und rosa und er berührte sie mit der Zunge, nahm sich die Zeit, die unterschiedlichen Texturen zu fühlen. Er verbrachte Zeit damit, sich zwischen den beiden hin und her zu bewegen, aber sein Bedürfnis war zu groß und er konnte nicht länger dagegen ankämpfen. Während seine Lippen das Tal zwischen ihren Brüsten lernten, kroch seine Hand nach unten und verband sich mit seinem steinharten Schwanz, drückte ihn, bevor er ihn öffnete und losließ.

"Gib ihm ein wenig saugen, ja?"

Ihre Lippen öffneten sich und er drückte ihren Kopf nach unten und stöhnte tief, als sie seine ganze 15 cm lange Länge in ihren Mund nahm und ihn gegen seine Kehle schlagen ließ. Sie war so gut. Er konnte nie genug von der weichen, feuchten Wärme ihres Mundes und ihrer flexiblen Zunge bekommen. Sie rieb damit an der Unterseite seines Schwanzes, zielte auf das kleine Nervenbündel südlich des Kamms und brachte ihn zum Zittern.

„Ja, Baby. Einfach so. Nimm es. Nimm alles."

Er wollte sie ficken, aber als sie anfing, seinen Schwanz zu lutschen, wusste er, dass er nicht durchhalten würde. Ihre winzige Kehle bildete ein Vakuum um seinen Stab und auf einmal drückte und saugte sie ihn gleichzeitig. Er lehnte sich im Stuhl zurück und hielt seine Hand auf ihrem Hinterkopf, während seine Hüften nach oben stießen und seinen Schwanz weiter in ihre Speiseröhre drückten.

"Oh, ja. Oh, Scheiße, Baby, ich komme gleich!"

Sein Spermastrahl wurde von seinem erstickten Schrei begleitet und sein Körper zuckte bei jeder Freisetzung, seine Beine steif und gerade heraus. Sie war so gut. Sie melkte jeden letzten Tropfen aus ihm heraus und ließ ihn schwach und satt zurück, ein Lächeln auf seinem Gesicht. Das Klopfen an der Sakristeitür wischte dieses Lächeln sofort weg und er sprang auf die Füße.

"Reverend Perkins?"

"Ich komme gleich."

Burton nahm auf einer der Kirchenbänke Platz und blickte zu Acosta hinüber. "Was zum Teufel macht er da drin?"

"Ich weiß nicht. Einen privaten Segen geben?"

Die Detective kicherte düster und ließ ihren Blick in der kleinen Kirche schweifen. Seit Angies Tod war sie nicht mehr in einer Kirche gewesen. Sie dachte, es gäbe keinen Gott, wenn er sie so sterben ließ. Die Tür der Sakristei öffnete sich, und Reverend Henry Perkins trat mit makellosen Uniformen vor. Er streckte Acosta eine Hand entgegen und drehte sich dann zu ihr um, als sie aufstand.

„Tut mir leid, dass ich Sie warten lasse. Ich habe am Computer gearbeitet."

"Ein Computer in einer Kirche. Die Welt bewegt sich vorwärts."

„Immer, Detective Burton. Die Bedürfnisse der Seele werden nicht durch Technologie eingeschränkt." Perkins kicherte, als würde er einen privaten Witz machen. "Womit kann ich Ihnen behilflich sein?"

„Ich wollte Ihnen ein paar Fragen stellen.

"Ganz und gar nicht."

"Gut." Burton beobachtete, wie sich der Pfarrer nervös von ihr abwandte und beobachtete, wie ihr Partner um den Altar herumging und die heiligen Artikel seines Glaubens mit dem technischen Auge eines ausgebildeten Polizeibeamten untersuchte. „Mir ist aufgefallen, dass Sie am Tatort von Williams waren. Ich glaube, Sie haben ein Gebet für sie gesprochen."

"Äh, ja." Perkins antwortete ihr, dann wandte er seine Aufmerksamkeit wieder Acosta zu. Warum sind Sie nervös, Reverend? „Ich habe ihr die letzte Ölung gegeben."

"Woher wussten Sie, dass sie katholisch ist?"

"Das habe ich nicht. Ich gebe jedem, der es braucht, Letzte Ölung, unabhängig von seinem Glauben."

"Oder Mangel daran?"

Reverend Perkins schüttelte den Kopf. „Uns allen wird Absolution gewährt, wenn wir für unsere Sünden um Vergebung bitten. Warum sollte es bei einer Prostituierten anders sein?"

„Das ist sehr freundlich von Ihnen, Reverend Perkins. Sind Sie deshalb in die Szene der Brüder gekommen?"

Sie bemerkte den leisesten Hauch von Überraschung auf seinem Gesicht, bevor er sich beruhigte. "Die Mönchsszene?"

Burton zog das Foto aus dem Aktenordner, den sie bei sich trug, und zeigte es dem Mann, wobei er seine Reaktion sorgfältig beobachtete. „Oh, ja. Ich war auf dem Weg zu einem Gebetstreffen und habe es zufällig gesehen.

"Ich verstehe." Sie ersetzte das Foto. "Haben Sie eines der Mädchen vor ihrem Tod gesehen?"

"N-Nein."

Ein Stottern. Warum bist du so nervös? "Bist du sicher?"

"Ja, ich bin mir sicher. Ich wüsste es." Perkins sah sich wieder um und bemerkte, dass Acosta verschwunden war. "Wo ist Herr Acosta?"

"Oh, er ist wahrscheinlich irgendwo in der Nähe, höchstwahrscheinlich draußen beim Rauchen."

"Bitte entschuldige mich."

„Reverend Perkins, ich bin noch nicht fertig ...“

Der gute Reverend eilte mit Detective Burton direkt hinter ihm zur Sakristei. Acosta befand sich in dem kleinen Raum und untersuchte die gerahmten Urkunden, die die Täfelung zierten. Er blickte verwirrt auf, als Perkins hereinstürmte.

"Jawohl?"

Perkins' Augen huschten zu dem Schrank in der Ecke und bemerkten, dass die Türen sicher geschlossen waren. "Äh, das ist mein Privatbüro, Detective. Ich würde es begrüßen, wenn Sie nach draußen kommen würden."

Acostas Augen trafen Burtons und er zuckte mit den Schultern. "Kein Problem."

Perkins schloss die Tür hinter ihnen und wandte sich an die beiden Detectives. "Hören Sie, wenn es keine weiteren Fragen gibt, muss ich mich auf den Gottesdienst morgen Abend vorbereiten."

Detective Burton schüttelte ihm die Hand. "Danke, Reverend Perkins. Wir werden uns mit Ihnen in Verbindung setzen, wenn wir weitere Fragen haben."

Die beiden Detectives verließen schnell die Kirche und machten sich auf den Weg zu dem unbeteiligten Chevrolet, der am Straßenrand geparkt war. "Unser Reverend Perkins ist ein interessanter Mann."

"Was bringt dich dazu das zu sagen?"

"Er hat einen Freund im Kabinett. Eine realistische Gummipuppe."

"Eine Puppe?"

"Nicht irgendeine Puppe. Eine Sexpuppe." Acosta fischte eine Plastiktüte aus seiner Tasche. "Mit einem Schluck Sperma, möchte ich hinzufügen."

"Der Reverend hat eine Puppe gefickt, als wir geklopft haben."

"Scheint so." Acosta lächelte. „Was meinst du, machen wir einen kurzen Zwischenstopp im Büro des Gerichtsmediziners?"

# KAPITEL VII

Die Nacht breitete sich sanft wie ein dunkler Rußfleck über die Stadt aus, verdunkelte den Horizont und verdeckte die Sterne, von denen sie wusste, dass sie dort waren. Bevor sie verheiratet waren, hatte Harry immer über ihre Augen gesagt, dass er den Himmel in ihnen sehen konnte. Heute Abend war sie früh nach Hause gekommen und hatte ihn im Körper einer Blondine mit falschen Titten auf der Suche nach dem Himmel gefunden. Damit hatte sie nach elf Jahren Ehe nie gerechnet. Sie glaubte glücklich bis ans Ende ihrer Tage, an Prince Charming und seine bezaubernde Prinzessin, und mit einem Schlag seines Schwanzes hatte ihr Ehemann diese Träume zerstört.

Und so fand sich Carla Parker in der örtlichen Kneipe ihrer Gemeinde wieder, umgeben von Bewunderern, die ihr Getränk für Getränk, Schuss für Schuss kauften und sich ihren Weg über ihre Grenzen hinaus bahnten. Sie wusste nicht, wann sie diese Grenze überschritten hatte; sie wusste nur, dass sie aufgehört hatte, sich um ihren betrügenden Ehemann zu kümmern. Er steckte wie ein Fremdkörper in der Lauffläche ihres Schuhs und sie zog ihn mühelos heraus und warf ihn beiseite.

"Verzeihung." Es war seine Stimme, die durch den alkoholischen Dunst schnitt: höflich und Gentleman. "Darf ich Ihnen einen Kaffee kaufen?"

Sein plötzlicher Eintritt in die Szene erhob sich in Aufruhr und Schrei. "Hey wer bist du?" "Wir haben sie zuerst gesehen." "Verpiss dich, du verdammter englischer Bastard!"

Sie ignorierte sie und drehte sich mit einem betrunkenen Lächeln zu dem Mann um. "Ja bitte." Er nahm ihre Hand und half ihr vom Barhocker herunter, fing sie anmutig auf, als ihre Ferse in die Sprosse eindrang und sie nach vorne schleuderte. Die anderen lachten über ihre

Trunkenheit, aber er nicht. Er stellte sie auf die Füße und half ihr auf einen Stuhl, dann löffelte er Sahne- und Zuckerkaffee zu ihr, bis sie die Tasse an die Lippen heben konnte.

"Besser?"

"Ja, sehr. Danke." Der Kaffee wischte etwas von der Trübheit weg und sie lächelte den gutaussehenden Fremden an. "Danke, dass du mich gerettet hast."

"Nichts zu danken." Sein Lächeln war warm und locker. „Hör zu, meine Wohnung ist nicht weit von hier. Warum gehen wir nicht dorthin? Ich kann dir noch einen Kaffee machen."

"Das hört sich gut an. Lass mich zuerst auf die Toilette gehen."

Während sie weg war, trank er seinen Kaffee aus und wartete geduldig darauf, dass sie herauskam, wobei er bemerkte, dass andere Männer ihn aufmerksam beobachteten. Sie kam heraus, trocknete ihre Hände an einem Stück Küchenpapier ab und wurde von dem Mann angegriffen, der ihn einen „englischen Bastard" genannt hatte. Er wusste nicht, was über ihn gefahren war, aber innerhalb von Sekunden war er ein knurrender Schatten seines früheren Ichs, warf sich auf den Mann und warf ihn zu Boden. Die anderen Männer, die sich mit ihr unterhalten hatten, schlossen sich dem Kampf an und bald rief der Barkeeper fieberhaft die Polizei, während Stühle und Flaschen flogen und Blut vergossen wurde.

Fast fünfunddreißig Minuten später erhielt Burton den Anruf von Stevens. "Es ist ein Kampf in einer Bar namens Sin City."

„Ich habe schon einmal davon gehört. Warum rufst du mich wegen einer Schlägerei an?"

»Du solltest mit dem Opfer sprechen, Carla Parker. Sie sagt, sie wollte gerade mit einem Mann gehen, als der Kampf ausbrach. Ein Engländer.«

"Ich bin auf dem Weg."

Als sie ankam, wünschte der Barkeeper dem letzten Gast gute Nacht und war nicht erfreut, sie zu sehen. Die Frau saß in einer Nische, ein

Getränk in ihrer zitternden Hand und ihr Haar in einer zerzausten Wolke um ihren Kopf.

Stevens wartete auf sie und beäugte die tief ausgeschnittene Vorderseite ihrer Bluse. „Ihr Name ist Carla Parker. Sie fand ihren Mann mit einer anderen Frau im Bett und beschloss, ihre Wut zu ertränken. Scheint, als wäre sie ein bisschen zu tief in die Tassen gegangen und erregte die Aufmerksamkeit mehrerer Männer, die sie als ‚Gelegenheit‘ betrachteten."

"Dumme Fotze." Burton murmelte. "Warum hat sie ihn nicht einfach rausgeworfen?"

"Weiß nicht." Er blieb an der Seite der Kabine stehen. "Mrs. Parker, das ist Detective Burton."

Parker blickte mit eingesunkenen und roten Augen auf. Sie begann zu sprechen, aber ihr Gesicht zerbröckelte und sie schluckte etwas von dem Alkohol hinunter, um neue Tränen zu versprechen. Stevens wich zurück und Burton setzte sich, streckte die Hand aus und tätschelte die Hand der Frau.

"Erzählen Sie mir von ihm, Mrs. Parker."

"Er schien nett zu sein, ein Gentleman."

"Woher wussten Sie, dass er ein Gentleman war?"

"Er hatte einen englischen Akzent."

Burton warf Stevens einen Blick zu und schenkte der Frau ein aufmunterndes Lächeln. „Das sind nur wenige. Meine Herren, meine ich." Parker nickte und nahm noch einen Schluck. "Was hat Sie sonst noch dazu gebracht, ihn für einen Gentleman zu halten?"

„Er hat mir Kaffee angeboten, als der Rest dieser Rüpel wollte, dass ich mehr trinke. Er wollte mich nicht wie die anderen ausnutzen."

„Das war nett von ihm. So nett von einem fremden Mann, dir zu Hilfe zu kommen, findest du nicht?" Bei den Worten des Detectives fühlte sich Parker unwohl, aber sie sagte nichts. "Du hast gesagt, dass du mit ihm gehen würdest?"

"Ja, er hat mich in seine Wohnung eingeladen. Wir wollten Kaffee trinken."

"Ich verstehe." Burton funkelte die Frau an. "Können Sie mir eine Beschreibung von ihm geben?"

"Groß, dunkelhaarig, Bart, braune Augen."

"Könnten Sie ihn identifizieren, wenn Sie ihn wiedersehen?"

"Jawohl." Parker sah sich zu den anderen Beamten um, ihre Neugier war plötzlich geweckt. "Warum interessierst du dich so für einen Mann, der einen Streit angefangen hat?"

„Denn, Mrs. Parker, Sie können sich glücklich schätzen, am Leben zu sein. Ihr englischer Gentleman hat zwei uns bekannte Frauen ermordet, und Sie könnten die Nummer drei gewesen sein.“

# KAPITEL VIII

Wut beherrschte seine Adern. Er konnte nicht für den Schmerz denken, der durch seinen Schädel stach, und die Wut, die sein Blut zum Kochen brachte. Er hatte sie. Sie aß aus seinen Händen und bald hätte sie an der Schneide seines Messers geblutet. Verdammte Fotze! Er tupfte sich die Stirn ab, als er um die Bar herum zurückging, unfähig, sich davon abzuhalten, zum Tatort zurückzukehren. Und da saß sie, diese Fotzendetektivin aus dem Fernsehen, der Frau gegenüber. Er könnte sie immer noch haben. Nun, um einen Weg zu finden, es zu tun ...

Burtons Handy klingelte und sie schaltete es ein und verließ die Kabine. "Burton."

"Hey, hier ist Acosta."

"Wo warst du? Ich habe fünf Mal versucht, dich anzurufen!"

„Ich war hier unten im Labor. Du hast mir gesagt, ich soll auf die Ergebnisse warten, erinnerst du dich?"

„Ja, aber du kannst nicht ans Telefon gehen?"

„Ich bekomme seit zwei Stunden eine technische Erklärung über DNA, Clarence. Mein Gehirn ist überlastet."

Burton lachte. "Also, welche Neuigkeiten hast du für mich?"

"Es ist ein Zufall."

"Machst du Witze?"

"Nein. Das Sperma des Priesters ist ein Zufall. Ich bin auf dem Weg zum Haus des Richters, um den Haftbefehl bestätigen zu lassen."

Burton verarbeitete die Informationen, während er sich umdrehte und Carla Parker anstarrte. Irgendetwas stimmte nicht, aber sie wusste nicht, was es war.

"Sie wollen mich bei Richter Anderson treffen?"

„Nein, das ist nicht nötig. Ich kann mich um die Sache kümmern.

"In Ordnung. Gute Arbeit, Acosta."

„Danke, Clarence. Bis später."

Sie klappte ihr Telefon zu und sah wieder zu der Frau hinüber. Was war es? Was störte sie? Burton zuckte mit den Schultern und ging zu Stevens hinüber.

"Wir haben den Kerl."

"Was, der Typ von heute Abend?"

„Nein. Der Mörder. Ich erzähle dir später davon. Jetzt müssen wir Mrs. Parker nach Hause bringen und von hier verschwinden."

"In Ordnung."

Parker blickte auf, als sie herüberkam. "Hast du ihn erwischt?"

„Nein, aber wir haben den Mörder gefasst, also kannst du gehen."

"Du glaubst nicht, dass er der Mörder ist?"

„Nein. Wir haben unwiderlegbare Beweise, die beweisen, dass er es nicht ist, also bist du in Sicherheit."

Carlas Augen füllten sich mit Tränen. "Danke Gott."

"Detective Stevens wird dafür sorgen, dass Sie sicher nach Hause kommen."

"Das ist nicht nötig. Ich gehe nicht nach Hause. Ich gehe nur in ein Hotel die Straße runter."

"Trotzdem kann der Detective Sie zum Hotel fahren."

Parker stand auf, trank ihr Getränk aus und nahm ihre Handtasche. "Danke trotzdem, aber ich gehe zu Fuß. Ich brauche etwas frische Luft, wenn Sie verstehen, was ich meine."

„Mrs. Parker, ich muss Ihnen nicht sagen, dass es gefährlich ist, um diese Nachtzeit zu Fuß zu gehen."

"Ich werde vorsichtig sein." Sie stolperte zur Tür und richtete sich auf, als sie den Türgriff ergriff. "Danke für Ihre Hilfe."

Die Detectives sahen ihr nach und schüttelten beide den Kopf über ihre Dummheit. Stevens klopfte Burton auf den Rücken. "Nicht deine Schuld, Clarence. Sie ist eine erwachsene Frau."

"Könnten wir sie nicht wegen Trunkenheit und Ordnungswidrigkeit verhaften?"

„Nicht wirklich. Es würde entweder aus rein formalen Gründen verworfen oder wir würden verklagt." Er grinste. "Oder unser Glück kennen, beides."

Sie lachte und nickte. "Du hast recht. Also, lass uns gehen und ich erzähle dir unterwegs von dem Priester."

* * *

Carla summte, als sie die Straße hinunterging. Sie liebte New York City zu dieser Nachtzeit. Der Dampf, der aus den Abwasserkanälen aufsteigt, die Reflexionen der Neonreklamen in den dunklen Silberpfützen, die Geräusche ungeduldiger Autofahrer und der Geruch von Abgasen machen die Stadt zu einem magischen Ort, wenn sich die Sonne vom Himmel zurückzieht. Auch die Trunkenheit schmälerte die Erfahrung nicht. Es verstärkte alles und sie fühlte sich sicherlich „erhöht".

Fick Harry! Sie lachte und hüpfte fröhlich, als sie sich an die Aufmerksamkeit erinnerte, die sie heute Nacht erhalten hatte. Sehen Sie, Harry? Du bist nicht der einzige, der jemand anderen bekommen kann! Als sie sich der Ecke näherte, sah sie ihn dort stehen, ein Lächeln auf seinem Gesicht, und sie rannte hinüber und warf sich in seine Arme. "Wohin bist du verschwunden?"

„Ich bin durch die Hintertür gegangen. Ich bin kein großer Kämpfer."

Sie berührte die Wölbung an seiner rechten Schläfe und er zuckte zusammen. "Oh es tut mir leid."

"Möchtest du immer noch diesen Kaffee?"

Sie bemerkte das Funkeln in seinen Augen und lächelte. "Du meinst, in deiner Wohnung?"

"Jawohl."

"Nein. Aber ich werde etwas trinken."

"Ok, los geht es."

Sie ließ ihn vorangehen, stolperte und kicherte, als er sie durch Straßen und Gassen manövrierte. Schließlich blieb er in einer dunklen

Gasse stehen, drückte sie gegen die Wand und küsste ihren Hals. „Ich hoffe, du hast nichts gegen einen Quickie. Du bist so schön, dass ich einfach nicht anders kann."

"Nein." Sagte sie atemlos. "Mir egal." Seine rauen Lippen machten sie verrückt, knabberten an ihrem empfindlichen Halsfleisch und ließen sie zittern. Als seine Hände sich zu ihrer Taille bewegten und den Saum ihres Kleides hochzogen, protestierte sie nicht. Ihr Körper war hungrig, hungrig nach der Aufmerksamkeit eines Mannes, der ihre Gesellschaft offensichtlich genoss. Fick dich, Harry. Seine Finger rissen das Höschen von ihrem Körper und sie öffnete erwartungsvoll ihre Beine. "Oh ja." flüsterte sie, ihre Muschi kribbelte. "Fick mich."

Die Worte endeten mit einem erstickten Aufschrei, ihr Körper aufgespießt auf der extra großen Schneiderschere, die er ihr in die Vagina geschoben hatte. Blut, dick und warm, bedeckte seine Hand und er hielt inne, um daran zu schnüffeln, bevor er seinen schmerzenden Schwanz in die pulsierenden Ströme schob. Sie versuchte, sich an ihn zu klammern, aber er hielt mit einer Hand mühelos ihre Handgelenke, während die andere ihre Hüften festhielt. Bald wurden ihre Kämpfe schwach, ihre Augen flatterten und er stieß heftiger in sie, ihr samtig warmes Blut schmierte ihren Kanal.

Als Carla Parker ihren letzten Atemzug ausstieß, explodierte er in sie, sein Schwanz wurde dicker mit jedem Spermastoß, der ihr Inneres bespritzte und sich mit dem reichhaltigen Blut vermischte. Das war bisher das Beste, dachte er, ließ seinen Schwanz aus ihr herausgleiten und benutzte ihr Kleid, um etwas von dem Blut wegzuwischen. Nun, um dieser Detektivin eine Nachricht zu hinterlassen: eine Nachricht, die sie wissen lassen würde, dass mit ihm nicht zu spaßen war.

Eine Nachricht, um sie wissen zu lassen, dass sie die Nächste ist.

# KAPITEL IX

Reverend Perkins sah ziemlich überrascht aus, als eine kleine Armee von New Yorks Besten vor der Tür der Kirche auftauchte. Die Verhaftung verlief reibungslos und Burton, Acosta und Stevens blieben mit den anderen Beamten zurück und durchsuchten die Räumlichkeiten nach weiteren Beweismitteln.

"Clearence!" Acostas Anruf brachte sie zum Laufen und sie und Stevens betraten die Sakristei und gingen in die kleine Wohnung des Ministers. Ihr Partner stand auf der anderen Seite des Raums und deutete auf den Boden des Schranks; derselbe Schrank, in dem Perkins' Gummi-Sexpuppe untergebracht war. Eine dunkle Flüssigkeit floss stetig unter der Tür hervor, floss in Rinnsalen über den Zementboden und sickerte in einen kleinen, heruntergekommenen Überwurfteppich.

Stevens näherte sich der Tür, ergriff mit seinem Taschentuch einen der Türgriffe und zog sie langsam auf. Darin, neben dem Gummitorso, war der Torso einer Frau, ein Anblick, der bei allen Anwesenden einen Atemzug hervorrief.

"Jesus Christus! Das ist Carla Parker!"

Burton kam näher, ihre Augen auf das Gesicht der Frau geheftet. Ihr Ausdruck war ein Ausdruck der Verzweiflung, des Aufgebens ihres Lebens, und das erschütterte die Detektivin bis ins Mark ihrer Seele. Der Ausdruck in ihren Augen ... „Clarence. Clarence, geht es dir gut?"

"J-Ja." Sie kehrte in ihren professionellen Modus zurück, immer noch erschüttert. "Mir geht's gut."

Acosta trat mit leiser und ängstlicher Stimme hinter sie. "Clarice, sie sieht aus wie du." Zum ersten Mal starrte Detective Burton auf die Leiche, starrte sie wirklich an. Carla Parker war brünett, aber ihr Haar war blond. Eine Perücke war ihr auf den Kopf gesetzt worden. "Und schau, auf ihre Brust." Durch das Fettgewebe von Carla Parkers Brust steckte eine Polizeimarke. Ihre Ausweisnummer, 5803, war auf einen Streifen antiseptisches Klebeband geschrieben und daran befestigt worden. Stevens und Acosta starrten sie lange an, keiner von beiden wollte etwas sagen.

"Er war es."

"Was?" rief Acosta.

"Er war es. Unser Engländer."

"Was sagst du? Wie könnte er es sein, wenn wir Beweise gegen Perkins haben?"

„Ich weiß nicht, wie ich es erklären soll, Stevens. Ich weiß es einfach. Das ist eine Nachricht an mich."

"Warum zu dir?"

„Er muss zurück in die Bar gekommen sein. Er muss mich mit ihr gesehen und entschieden haben, dass ich sie ihm vorenthalte." Burton konnte ihre Augen nicht von Carla Parkers leeren Augen losreißen. „Er sagt mir, dass er mich als nächstes holen kommt."

"Aber was ist mit Reverend Perkins?"

"Er ist unschuldig."

Acosta trat vor sie. „Was machst du? Wir haben diesen Scheißkerl tot!"

"Tun wir?"

Er sah zu Stevens hinüber, der sie ebenfalls anstarrte. "Was zur Hölle ist das?"

„Das ist ein Ablenkungsmanöver, inszeniert zu unserem Vorteil und um Perkins zu verwickeln. Perkins ist nicht der Mörder." Sie drehte sich um, um den Raum zu verlassen, und warf Worte über ihre Schulter: „Er wartet da draußen auf mich."

* * *

Er steckte zwei Viertel in den Automaten und schob sich die Zeitung unter den Arm. Seine Wohnung war nur ein paar Blocks entfernt und dies war ein notwendiger Teil seines Alltags, seine Art, die Verbindung zur realen Welt aufrechtzuerhalten. Er sah auf seine Uhr und beschleunigte seine Schritte. Fast sechs Uhr. Zeit für Neuigkeiten. Zeit herauszufinden, ob der Detective seine Nachricht erhalten hat.

Die Breaking News Sendung begann um 5:59 und er machte es sich in seinem Liegestuhl bequem, die Zeitung auf dem Schoß und ein Bier in der Hand. „Guten Abend. Wir beginnen mit Eilmeldungen aus St. Peter auf der Lower East Side. Reverend Henry Perkins wurde wegen Mordes an Tamara Williams, Julieta Friars und dem jüngsten Opfer, der 38-jährigen Empfangsdame Carla Parker, festgenommen.

Mrs. Parker war zuvor in eine Schlägerei in der Sin City Bar verwickelt gewesen, konnte aber unverletzt entkommen. Nachdem die Polizei gegangen war, ging Mrs. Parker alleine, obwohl ihr von der Polizei ein Transport angeboten wurde, und wurde auf der Canal Street angegriffen und ermordet.

Er lauschte aufmerksam dem Sender, wog jedes Wort ab und suchte nach einem Blick auf diese Schlampe, Detective Burton. Er fragte sich, ob sie mutig genug wäre, ihm gegenüberzutreten. Endlich. Worauf er gewartet hatte. Die Polizistin mit den großen Titten kam auf den Bildschirm.

"Können Sie uns mehr über diese Untersuchung erzählen?"

Die Augen der Frau verließen das Gesicht der Reporterin und wandten sich dem Objektiv der Kamera zu. „Die Ermittlungen sind noch nicht abgeschlossen. Wir haben eine Person von Interesse festgenommen, aber ich persönlich glaube nicht, dass diese Person der Täter ist. Ich glaube, dass er immer noch da draußen ist und darauf wartet, wieder zuzuschlagen."

Burton starrte in die Kamera und ignorierte das wütende Flüstern von Stevens, der direkt hinter ihr stand. "Ich habe deine Nachricht erhalten. Ich warte auf dich."

Der Reporter wandte sich von ihr ab, um den Sendeabschnitt zu beenden, und Stevens packte sie an den Schultern und wirbelte sie herum. "Was zur Hölle machst du?"

"Ich versuche, den Mörder zu finden, John. Zeit, sein Spiel zu spielen."

# KAPITEL X

Clarice Burton stand vor dem Spiegel und prüfte sorgfältig ihr Spiegelbild. Jahrelang versteckte sie ihre Weiblichkeit unter ihrer Uniform, hinter einem Abzeichen, das sie mit all jenen gleichsetzte, die sie im Namen dieser Weiblichkeit schikanieren würden. Und das war in Ordnung. Sie bewegte sich in den Kreisen der Abteilung, scheinbar ohne das Geflüster zu bemerken, das ihr folgte, als sie den Kaderraum betrat, aber immer schmerzlich bewusst, dass sie, egal wie sehr sie es versuchte, immer als rothaariges Mädchen mit riesigen Titten gesehen werden würde.

Der Aufstieg zum Detektiv war eine Obsession gewesen. Sie arbeitete sich den Arsch auf, las und lernte, wenn die Jungs zechen oder Poker spielten, und die harte Arbeit zahlte sich aus. Sie musste den Abschaum des Büros verlassen und zum Abschaum der Detectives aufsteigen. Ihre angeborene Fähigkeit, Beweise zu erschnüffeln, hielt sie Kopf und Schultern über der Menge und ziemlich bald wurde sie für ihre außergewöhnlichen Fähigkeiten ausgewählt. Jetzt konnte sie ihren eigenen Weg bestimmen und hatte Glück gehabt, Acosta als ihren Partner zu haben. Er gehörte immer noch zu der Bevölkerung, die den Zustrom von Frauen in die Reihen der Detektive hasste, aber er hielt den Mund und tat seine Arbeit.

Sie hat sich nicht wiedererkannt. Diese Person, die vor dem Spiegel stand ... das war die Person gewesen, die sie vor all den Jahren gewesen war. Angies Mutter. Eine Frau, die es genoss, eine Frau zu sein. Eine Frau, die es genoss, berührt und geküsst zu werden. Eine Frau, die den Körper eines Mannes neben sich genoss und unter dem Flüstern von Baumwolllaken eins wurde. Nur ihren eigenen kurvenreichen Körper in dem Kleid zu sehen, ließ sie plötzlich die Intimität der Berührung eines anderen vermissen und sie ertappte sich dabei, sich zu fragen, warum sie das wirklich tat. Wollte sie den Mörder schnappen oder den Sex erleben?

Die Fluruhr schlug Mitternacht und sie stand wie gebannt vor der Tafel, ihr Herz pochte in ihren Ohren. Ihre Augen schweiften über die Gesichter und hielten für ein paar Sekunden inne, um ihnen gebührend zu huldigen. Sie tat dies für sie, für jede dieser armen Seelen, die ihr Leben an Menschen wie den Engländer verloren hatten. Indem sie ihn festnahm, würde sie ihnen und vielleicht auch sich selbst ein gewisses Maß an Frieden gewähren. Es war Zeit zu gehen. Gib mir Stärke.

Sie schloss die Tür ab, vergewisserte sich, dass ihre Marke und Waffe in ihrer Handtasche waren, und glitt in das nicht gekennzeichnete Auto, das sie nach Hause gebracht hatte. Ihre Nackenhaare stellten sich sofort auf, aber sie hatte keine Zeit, die Waffe aus ihrer Handtasche zu fischen. Ruhig und gesammelt steckte sie den Schlüssel ins Zündschloss und sagte: „Hallo, Jack."

"Hallo, Detective Burton." Er setzte sich auf dem Rücksitz auf, drückte den Lauf der Waffe gegen ihren Hinterkopf und achtete darauf, im Schatten zu bleiben. "Du siehst heute Abend bezaubernd aus."

Ihre Augen trafen im Rückspiegel auf seine. "Ich habe mich so für dich angezogen."

"Hast du wirklich?" Seine heisere Stimme ließ sie erschauern. "Willst du damit sagen, dass du mit mir spielen willst?"

"Ja, Jack. Ich will mit dir spielen."

Er kam ihr so nahe, dass sie seinen heißen Atem an ihrem Hals spüren konnte. "Du weisst, was das bedeutet?"

Clarice spürte ein Zittern tief in ihrem Bauch und konnte nichts dagegen tun. Sie wusste genau, was sie meinte und wenn sie dieses Spiel nicht gewinnen würde, würde das Ergebnis ihr Tod sein. „Ja", sagte sie leise. "Ich weiß was es bedeutet."

„Vielleicht entpuppst du dich als mein bisher bestes Meisterwerk, Clarice.

"Du wirst mich nicht töten, Jack."

"Werde ich nicht?"

"Du würdest mich lieber ficken."

Plötzlich schloss sich seine Hand um ihre Kehle und drückte ihr die Luft aus den Lungen. „Ich kann beides, Detective. Provozieren Sie mich nicht.

Sie wollte antworten, hatte aber keine Luft dazu. Stattdessen nickte sie und seine Hand verschwand so schnell wie sie erschien und sie schnappte nach Luft. „Es tut mir leid, Jack. Ich wollte dich nicht wütend machen. Ich wollte dich nur wissen lassen, dass ich mich dir voll und ganz zu deinem Vergnügen anbiete."

"Du musst nichts anbieten. Ich nehme, was ich will."

Ihr Verstand versuchte schnell zu arbeiten. Er war jetzt wütend, etwas, das sie nicht gewollt hatte. "Es tut mir leid, Jack."

Er lehnte sich zurück. "So mag ich eine Frau. Unterwürfig. Kennen Sie Ihren Platz, Detective Burton?"

"Jawohl." Sie antwortete ohne zu zögern. "Mein Platz ist unter dir."

Er lächelte in der Dunkelheit, sein Schwanz verhärtete sich bei ihrer Antwort. Das würde sicherlich die beste Nacht seines Lebens werden. "Sie haben so recht, Detective. Starten Sie jetzt das Auto und ich sage Ihnen, wohin Sie fahren müssen."

Mit zitternden Händen startete Detective Clarice Burton den Wagen, schaltete ihn auf Gang und fuhr in die Dunkelheit, ohne zu wissen, ob sie lebend nach Hause zurückkehren würde.

# KAPITEL XI

Sie wusste nicht, wie sie es geschafft hatte, aber irgendwie schaffte sie es, das Auto zu lenken, indem sie den Anweisungen folgte, die er gab. Ein paar Mal, wenn Polizeiautos vorbeifuhren, dachte sie daran, ihnen ein Zeichen zu geben, und fragte sich, was Acosta und Stevens dachten, wenn sie zu ihr nach Hause gegangen waren, um sie zu finden, als sie nicht aufgetaucht war. Hoffentlich suchten sie gerade nach ihr, aber sie hoffte nicht, dass sie sie finden würden. Die Anweisungen, die Jack ihr gegeben hatte, führten sie aus der Stadt heraus, aus dem Bereich, in dem die Detectives suchen würden, und irgendwie wusste sie, dass er sich dessen bewusst war. Schließlich führte er sie in eine Einfahrt und befahl ihr, das Auto zu parken.

"Wir sind hier, Schatz." Seine raue Stimme hauchte ihr ins Ohr, als sie den Motor abstellte. "Warum gehen wir nicht rein, wo es wärmer ist?"

"In Ordnung." Sie griff nach der Türklinke, aber seine Hand auf ihrer Schulter hielt sie zurück.

"Warte. Augenbinde zuerst. Schließe deine Augen."

Sie tat, was er verlangte, und zitterte stärker, als sie hörte, wie sich die hintere Autotür öffnete. Das Schalten im Auto machte sie darauf aufmerksam, dass er den Rücksitz verlassen hatte, und kühle Luft strich über sie, als er ihre Tür öffnete. Ein weiches Stück Stoff mit Augenmuscheln wurde auf ihr Gesicht gelegt und als sie ihre Augen öffnete, konnte sie nichts sehen. Seine Hand bedeckte ihre und sie zitterte bei dem Gefühl seiner rauen Haut.

"Fertig, Detektiv?"

Burton traute ihrer Stimme nicht, so erschrocken war sie, dass sie nur nickte und ihre Kontrolle komplett aufgab. Sie war taub; sie konnte nichts fühlen, außer wo seine Hand ihre berührte und jeder Schritt jagte Schocks durch ihren Körper, die sie ständig in die Realität rissen. Sie spürte eine Steigung im Weg, dann Schritte, dann einen langen Korridor, nachdem sie durch die Vordertür getreten war. Ihre Vorwärtsbewegung verlangsamte sich und sie spürte, wie sie um etwas herum manövriert und dann sanft zurückgestoßen wurde. Als sie hüpfte, wusste sie, dass sie auf einem Bett saß, und ihr Herz raste ihr bis zum Hals.

"Willkommen in meinem Zuhause, Detektiv."

"Danke. Kann ich die Augenbinde abnehmen?"

„Nein. Ich möchte, dass du sie anlässt, bis ich entscheide, wie der Abend enden wird."

"Fair genug."

Burton versuchte, tief durchzuatmen, in der Hoffnung, dass es helfen würde, ihre Angst in Schach zu halten, aber sie wusste, dass er merkte, dass sie wie versteinert war. "Du bist anders als ich dachte." Er begann, seine Hände strichen über ihre Schultern. "Ich habe eine harte Frau erwartet, aber du bist alles andere als hart."

"Warum dachtest du, ich würde hart sein?" Sie hasste das Zittern in ihrer Stimme, aber die Hitze seiner Hände durch den dünnen Stoff des Kleides ging ihr zu nahe.

Und er wusste es. "Man muss hart sein, um ein Mordkommissar zu sein." Seine Hände wanderten ihre Arme hinab und verursachten eine Gänsehaut. "Wann hat dich das letzte Mal ein Mann so berührt?" Als sie keine Antwort gab, fuhr er fort und beugte sich zu ihrem Ohr. "Wann hat dir das letzte Mal ein Mann gesagt, dass du spektakulär bist?" Seine Finger bewegten sich nach unten und strichen über ihre Brustwarzen, was sie zum Keuchen brachte. "Wann hat dich das letzte Mal ein Mann ordentlich und hart gefickt?"

Clarice konnte nicht sprechen. Wann hatte sie das letzte Mal einen guten, harten Fick? Vergiss verdammt noch mal, wann wurde sie das letzte Mal geküsst? Die Tatsache, dass sie nicht antworten konnte, war ein deutliches Zeichen. "Eine lange Zeit." Sie antwortete leise.

"Eine schöne Frau wie Sie?" Er kam näher. „Ich bin mir sicher, da draußen gibt es Hunderte von Männern, die dich wollen, also warum bist du allein?"

„Ich bin Polizist. Ich habe keine Zeit ..."

"Für Beziehungen?" Er lachte. „Das habe ich schon mal gehört. Schöne Frauen hatten nie Zeit für mich, besonders diese Huren." Seine Hände streichelten ihre Brüste, umfassten sie und umkreisten ihre Brustwarzen durch den Stoff. "Zieh dein Kleid aus."

Sie wollte etwas sagen, überlegte es sich aber anders. Langsam stand sie auf, hakte den Neckholder-Teil des Kleides aus und ließ es von ihren Brüsten fallen. Sie wollte gerade den Rest des Kleides nach unten schieben, als seine Lippen ihre Brustwarzen angriffen, sie leckten und daran saugten, bis sie zu schmerzhaften Punkten aufstiegen. Clarice schnappte nach Luft und liebte jedes Lecken und Saugen, das er ihr gab. Es fühlte sich so gut an, vergewaltigt zu werden, dass sie die Gefahr vergaß und nur an seine heißen Hände auf ihrem Körper dachte.

„Ich will dich ficken, Detective. Bist du bereit, mein Spiel zu spielen?"

Ihr Körper zitterte vor seiner Aufmerksamkeit, sie schob ihr Kleid ganz nach unten und schob ihre Schultern heraus. „Ja, Jack. Lass uns spielen.

# KAPITEL XII

Burton hatte immer noch Angst. Sie stand nackt und mit verbundenen Augen da und wartete auf seinen Befehl, wie es nur eine eifrige Sklavin konnte. Alle Nerven waren am Ende. Jedes Haar stand. Jede Faser von ihr bebte, jedes bisschen wartete auf sein Wort.

„Ich spiele grob, Detective. Können Sie damit umgehen?"

„Ich kann mit viel mehr umgehen, als du denkst, Jack."

"Wirklich?" Ein dünner Ton verspielten Unglaubens färbte seine Worte und sie biss die Zähne zusammen, um das Zittern der Angst zu unterdrücken, das sie durchfuhr. Er atmete absichtlich gegen ihren Hals, die Hitze ließ sie zittern. "Mir fallen viele Dinge ein, die ich mit deinem schönen Körper machen könnte."

"Ich wette du kannst." sagte sie leise. "Aber warum lässt du mich dich nicht bedienen?"

"Warum? Das ist ein Hurenjob." Sein Ton wechselte innerhalb von Sekunden von verspielt zu wütend, etwas, das ihr Angst machte. "Soll ich dich wie diese Huren behandeln?"

"Nein." sagte Burton schnell. "Es tut mir leid, Jack." Sie sank auf die Knie und senkte ihr Kinn auf ihre Brust. "Bitte akzeptieren Sie meine Entschuldigung."

"Ich nehme deine Entschuldigung an." Sie spürte seinen Stiefel auf ihrem Rücken, der sie nach vorne auf ihre Brust drückte. „Aber wenn es noch einmal passiert, bringe ich dich um. Verstehst du?"

"Ja Jack."

„Gut. Ich hasse Frauen, die denken, dass sie mich übertreffen können.

"Ja Jack."

"Leck meinen Stiefel." Clarice beugte sich hinunter, weil sie wusste, dass sein Fuß unter ihrem Gesicht war, und streckte ihre Zunge heraus, während sie eine Mischung aus Schmutz und Salz von der Straße schmeckte. Der Geschmack war schrecklich, aber sie versuchte, es nicht zu zeigen, weil sie sich sicher war, dass er hinsah. "Gut. Steh jetzt auf."

Sie stand langsam auf, ihr Körper zitterte noch immer. Selbst als seine Hände ihren Körper umschlossen und auf ihre schweren Brüste zielten, wusste sie, dass die Sanftheit seiner Berührung eine Lüge war. Die genussvolle Liebkosung verwandelte sich in eine Litanei des Schmerzes, durchzogen von ihren Schreien. Seine Finger kniffen ihr zartes Brustfleisch so fest, dass sie wusste, dass sie fast sofort blaue Flecken bekommen würde. Sie kämpfte gegen den Drang an, ihn abzuwehren; sie wusste, dass es das war, was er wollte. Dann würde die Folter schlimmer werden. Seine Finger fanden neue Ziele und Burton wurde fast ohnmächtig vor Schmerz, als ihre Brustwarzen verdreht wurden.

Plötzlich hielt er inne und ließ seinen heißen Atem über ihren Hals strömen. "Sie sind ziemlich zäh, Detective." Sie sprach nicht, weil sie sich so sehr bemühte, nicht zu weinen, aber sie wusste, dass er es trotzdem wusste. Er nahm ihre Hand und führte sie einen langen Flur hinunter, dann half er ihr eine Treppe hinunter. "Mal sehen, wie dir das gefällt."

In dem Moment, als sie das glatte Lederband an ihrem Handgelenk spürte, wusste sie, dass sie in Schwierigkeiten steckte. Sie versuchte zu kämpfen, aber er war viel stärker, zwang sie in den Rahmen und fesselte zuerst ein Handgelenk, dann das andere. Sie versuchte, ihn zu treten, aber er packte ihr Bein und wand es leicht in eine Lederklammer, wobei er auch den anderen Knöchel in eine steckte. Jetzt war sie ihm völlig ausgeliefert.

"Du warst so ein gutes Mädchen, Detective. Schade, dass du bestraft werden musst."

"Nein!" Burton wackelte mit den Armen und versuchte, etwas Halt in dem Leder zu finden, fand aber keinen. Der Rahmen bewegte und drehte sich, drehte sie um, sodass sie nach vorne hing, und ein dreistes Knacken hinter ihr nährte ihre schlimmsten Befürchtungen.

"Jawohl!"

Die Peitsche traf die Mitte ihres Rückens und sie keuchte angesichts des schneidenden Schmerzes, der durch ihren Körper raste. Die Peitsche fiel wieder und wieder und brachte sie jedes Mal zum Schreien, aber es kam als Wimmern heraus. Zehn Hiebe später war sie eine schluchzende Fleischmasse, die mit den Händen zuckte und immer noch versuchte, sich zu befreien.

"Lass mich los, du Stück Scheiße!"

"Ach, was ist los, Detective? Sie wollten spielen und jetzt mögen Sie die Regeln nicht?" Der Rahmen neigte sich erneut, senkte sie ein paar Zentimeter und sie wusste, was als nächstes kam. "Nun, warum fangen wir nicht mit der Party an?" Sie spürte seine Finger an ihrer trockenen Muschi. "Machen Sie sich bereit, Detective. Ich reiße Sie gleich auf."

Burton spürte seinen Stoß und hörte seinen wortlosen Schrei. Seine Hände verließen ihren Körper und er zog sich aus ihrer Muschi und nahm den Käfig mit. Immer noch mit verbundenen Augen konnte sie sich nur vorstellen, was die Szene sein würde: Blut rann rot über seine Beine, als es aus zwei Löchern im Kopf seines Schwanzes sprudelte, zwei Löcher, die von zwei silbernen Stangen, die an einem silbernen Käfig befestigt waren, in sein Fleisch gebohrt worden waren das passte in ihre Muschi. Die Widerhaken an seiner Basis würden dafür sorgen, dass er stark bluten würde, sollte er versuchen, es zu entfernen.

"Du Schlampe!" Er schrie irgendwo hinter ihr. "Was zum Teufel hast du mit mir gemacht?" Sie riss an Armen und Beinen und fand immer noch keine Erlösung. „Du Schlampe! Du ..." Plötzliche Stille wurde nur von einem Wimmern unterbrochen und sie hörte, wie der Käfig auf dem Boden aufschlug, schnell gefolgt von dem Geräusch seines Körpers, der daneben aufschlug.

Detective Clarice Burton hing am Rahmen, immer noch schluchzend, nicht vor Angst, sondern vor Erleichterung. Es war vorbei. Jetzt musste sie nur noch warten, bis das Leuchtfeuer Hilfe brachte. Acosta und Stevens würden bald einbrechen. Sie würde nur die

Bürowitze ertragen müssen, nackt aufgefunden zu werden. Es war jetzt alles vorbei.

# KAPITEL XII

"Klarice! Klarice!"

Sie hörte Stevens' Stimme, aber sie war zu betäubt, um sich zu bewegen. Ihre Arme fühlten sich an wie Blei und sie war benommen von dem Blut, das sich in ihrem Kopf sammelte. Die Lederfesseln fielen eine nach der anderen ab und ihr wurde auf die Beine geholfen, nur um festzustellen, dass sie nicht stehen konnte. Starke Arme trugen sie zu einer Stelle, wo sie hingelegt und mit etwas bedeckt wurde. Ein paar Minuten später wurde die Augenbinde entfernt, die sich lösenden Saugnäpfe füllten sich mit einer Mischung aus Schweiß und Tränen.

Sie blinzelte gegen das starke Licht und reagierte wie jemand, der in ein Blitzlicht gestarrt hatte und für einen Moment geblendet war. Jemand wischte mit einem kalten Tuch über ihre Augen, wischte den Schmutz weg und sie hob eine Hand, um sie zu reiben, immer noch wütend blinzelnd. Noch ein paar Minuten, und ihr Blick war klar genug geworden, sodass Johns Gesicht scharf wurde, sein Ausdruck unbezahlbar.

"John, sehe ich da Angst?"

"Geht es dir gut?"

"Ja, mir geht es gut. Wo ist Acosta?"

Stevens schluckte, seine Augen wanderten zu einem Punkt auf dem Boden. "Er ist da drüben."

Die Worte drang nicht ein, bis sie die Leiche sah, dann trübte Unglaube ihren Verstand. Ihr Partner, ihr engster Kollege, lag auf dem Boden, eine Blutlache breitete sich wie eine Decke unter ihm aus. Der Käfig lag Zentimeter von seiner Hand entfernt, seine Stacheln waren mit gallertartigem Fleisch durchzogen. "Toni?"

Detective Stevens legte Burton mit leiser Stimme die Hände auf die Schultern, als weitere Beamte in den Raum strömten. "Es war Acosta, Clarence. Er war Jack."

„Er kann es nicht gewesen sein. Wie ..."

„Ich habe heute früh einen Anruf von einem Dr. Jonathan Herbert bekommen. Er sagte, dass er Acosta die letzten zehn Jahre behandelt hat und dass Jack eine seiner manifestierten Persönlichkeiten ist."

"Warum hat er uns nicht schon früher kontaktiert?"

„Anscheinend war er auf einer Tagung in Baltimore. Er ist erst heute Morgen zurückgekehrt und hat seine Lektüre nachgeholt. Da hat er herausgefunden, dass es Acosta war."

Ein Zittern begann tief in Burton, das sie nicht aufhalten konnte, und sie brach in Stevens' Armen in Tränen aus. Sie war dem Tod nahe gekommen. Das war nicht das, was ihr am meisten Angst machte. Es lag daran, dass Acosta ihr die ganze Zeit so nahe gewesen war.

„Bring mich hier raus, John. Bitte. Bring mich nach Hause."

* * *

Die nächsten paar Tage waren mit mehr Aktivitäten gefüllt, als Burton bewältigen konnte. Alle Medien wollten mit der knallharten Detektivin sprechen, die den Mörder von „Jack the Ripper" geschnappt hatte, aber sie wollte nichts damit zu tun haben. Sie zog sich in ihr Haus zurück, verbrachte Zeit vor der Pinnwand mit Bildern und weinte unkontrolliert. Sie hätte sie beinahe enttäuscht. Sie war so in ihren Job vertieft gewesen, in ihre Suche nach diesem Mörder, dass sie vergaß zu leben. Hätte Angie das für ihre Mutter gewollt, um sich von der Zivilisation abzuschotten?

Vier Tage nach dem Mord wurde sie in das Büro des Kommissars befohlen, um eine vollständige Einweisung zu geben, und kam aus der Erfahrung heraus, als sie sich erschöpft fühlte. Der Polizeichef riet ihr, sich ein paar Tage Urlaub zu nehmen, um ihre Gedanken zu sammeln, und sie willigte ein, noch zu aufgewühlt von der Besprechung, um zu protestieren. Als sie am Büro des Detektivs vorbeiging, hielt sie inne, um hineinzuschauen und zu sehen, woran sie sich so sehr sehnte, ein Teil davon zu sein. Stevens, Andreotti und ein paar andere Jungs saßen um einen Schreibtisch gedrängt, scherzten und lachten zusammen.

Sie konnte sich nicht zurückhalten. Sie stieß die Tür auf, trat in den offenen Raum und alle Augen richteten sich auf sie. Burton schluckte und sagte sich, dass sie einfach auf ihrem Handy nach Nachrichten suchen und genauso leise gehen würde. Alle beobachteten sie, als sie vorbeiging, leicht hinkend von den heilenden Peitschenwunden, still ihre stille Stärke beobachtend. Das erste Klatschen ließ sie erstarren und sie drehte sich um, um Stevens zu sehen, der aufstand und für sie klatschte. Andreotti und die anderen schlossen sich an und innerhalb weniger Augenblicke standen alle Detectives auf und applaudierten Detective Clarice Burtons Mut.

Sie ging zu ihrem Schreibtisch und überprüfte ihre Nachrichten, wischte wütend Tränen weg, während sie Informationen aufschrieb. Als sie den Hörer auflegte, bemerkte sie ein kleines Päckchen in der Ecke und wickelte es langsam aus. Darin befand sich der silberne Vaginakäfig, dessen Zinken intakt waren, außer dass sie ein Spielzeugmodell von Jack the Ripper durchbohrten. Eine kleine Notiz unten angebracht lautete: Willkommen im Dschungel. Aus irgendeinem seltsamen Grund trieben ihr die Worte Tränen in die Augen und sie verstand, was ihre Kollegen sagten. Sie war immer eine von ihnen und sie war etwas Besonderes für das Team auf eine Weise, die sie nicht waren. Ihre Männlichkeit ließ sie ihre Liebe zu ihr nicht zugeben, aber sie ließ sie wissen, dass sie geliebt wurde.

Detective Burton putzte sich die Nase, rückte ihren Schreibtisch zurecht und ging hinaus, erleichtert feststellend, dass das Detective Room wieder normal war, Leute Anrufe entgegennahmen, Papierkram ausfüllten und über Fälle sprachen. Sie blieb am Schreibtisch stehen, wo die Jungs waren. "Du schuldest mir Mittagessen."

"Was?" sagte Andreotti und sah seine Kollegen an.

"Ich kenne die Übung. Löse einen Fall, die Crew kauft dir Mittagessen, richtig?"

Stevens lachte. "Ja das ist richtig."

"Gut. Jeder von euch schuldet mir ein Mittagessen."

Burton verließ den Raum, ein Lächeln auf ihrem Gesicht und ein Feuer in ihrem Herzen. Ich werde leben, Angie. Ich werde leben.

# ENDE

67